Eylül Gündüz

PROMISE

Eylül Gündüz

PROMISE

Du warst immer für mich da,

an meinen schönsten so wie

auch schlimmsten Momenten,

du warst immer so stark aber

nicht einmal der stärkste Mensch

kann für immer stärke zeigen,

deshalb erlaub auch du dir nicht

immer eine Fassade aufrecht

erhalten zu müssen, sprach ich zu der Person die ich im Spiegel sah.

-Filiz Gündüz

Eins

Ich sperrte die Haustür wie an jedem Abend ab. Gerade als ich mich auf dem Weg in mein Zimmer machte, hörte ich vom Badezimmer etwas fallen. Ich lief verängstigt zum Bade Zimmer. Als ich die Tür öffnete sah ich meine Schwester auf dem Boden sitzen. Ihre arme waren voll geblutet. Ich blieb erschrocken stehen.

„Ich will nicht sterben.“ Flüsterte sie.

Meine Mutter kam aus denn Zimmer. Sie sah das Badezimmer an was voll mit Blut verschmiert war. Ich drehte mich um und sah meine Mutter an.

„Was hast du getan?“ fragte meine Mutter schreiend.

1 Monat später.

Meine Schwester Eliza muss in eine Entzugs Klinik und endlich behandelt werden bevor sie nachhause darf.

Eliza ist seit langem drogenabhängig, nur erfuhren wir es erst als es beinah zu spät war. Sie hatte mir versprochen, dass sie aufhören würde, jedoch hielt sie sich nicht an ihr Versprechen, zumindest nicht bisher.

Wenn mich früher jemand gefragt hätte wie wir uns verstehen hätte ich immer mit „wir sind wie beste Freunde" geantwortet, doch das änderte sich ziemlich schnell als wir von den Drogen erfuhren, plötzlich wusste ich nicht mehr wer sie war und wir haben kamen nicht mehr mit einander aus.

Ich kam gerade aus der schule „Mama was gibt es zu essen?" fragte ich

„Mach dir was zu Essen." sagte meine Mutter genervt

„Mama du machst nichts mehr, kein essen, kein Haushalt, ich muss alles alleine erledigen und nebenbei noch in die Schule." sagte ich.

„Sei ruhig und pass auf wie du mit mir sprichst!" schrie sie.

Ich erwiderte in einem etwas lauteren Ton

„Nur weil Eliza nicht da ist, kannst du deine Wut nicht an mir Raus lassen!" sagte ich.

Sie stand auf und eher ich mich versah lag ihre Hand auf meiner Wange.

Ich rannte in mein Zimmer und legte mich in mein Bett. Mein Handy klingelte. „Eine anonyme Nummer?“ Ich ging aus Neugier dran.

„Lange nichts mehr von dir gehört.“ ertönte eine Männliche Stimme.

Meint er mich?

„Wann zahlst du deine Schulden ab?“ fragte er.

Denkt er ich wäre...

„Eliza bist du noch dran?“ Fragte er jetzt mit einem lauteren Ton.

Ich bin irritiert. Woher hat er meine Nummer und welche schulden meint er?

Er sagte noch

„Eliza wenn du morgen nicht neben dem Golfpark zum Parkplatz kommst, dann komme ich dich und deine Familie mal besuchen, hast du verstanden? Und du weißt genau ich werde es auch machen.“

Ich ballte meine Fäuste vor Wut. „Um wie viel Uhr soll ich da Sein?“ fragte ich gereizt. „Sei pünktlich um 9 Uhr da.“ sagte er und legte auf bevor ich auch nur einen weiteren Satz sagen konnte.

Ich Warf vor Wut mein Handy gegen die Wand. Beruhig dich Ella sagte ich mir selbst.

Ich atmete ein und aus...

Jedoch brachte es mir nichts, da der Gedanke daran, dass Eliza sich aufgrund ihrer Schulden, das Leben nehmen wollte mich wahnsinnig machte.

Ich legte mich ins Bett und versuchte zu schlafen, damit die Zeit schneller verging.

Mein Wecker Klingelte. Ich sprang schnell aus dem Bett und lief ins Badezimmer. Ich machte mir einen hohen Zopf und putze mir die Zähne.

Ich griff in meinen Kleiderschrank und zog schnell das erste an wonach ich griff... Eine schwarze Jogginghose und drüber einen braunen Pullover.

Eigentlich verlasse ich nie die Wohnung Ohne meiner Mutter einen Kuss auf die Wange zu geben aber ich war noch Wütend auf sie, somit kam es heute nicht dazu und ich eilte schnell zum Treffpunkt.

Am Parkplatz angekommen, spürte ich eine Unruhe und machte mir Gedanken ob es das richtige war hier her zu kommen.

Ein hupen riss mich aus meinen Gedanken raus.

Ich wollte mich umdrehen um zu schauen, wer gehupt hat.

Doch als ich mich gerade umdrehen wollte um zu schauen, wurde mir plötzlich schwarz vor Augen und ich verlor das bewusst sein.

ZWEI

Als ich zu mir kam und langsam die Augen öffnete sah ich, dass ich mich in einem mir unbekanntem Schlafzimmer befand.

Ich lag auf einem Sofa, zu meiner Überraschung waren mir weder Arme noch Beine verbunden.

Ich schaute mich um und sah dann, dass gegen über von mir ein Mann saß, der nur darauf wartete, dass ich wach wurde.

Er hatte eine schwarze Anzugshose an und ein schwarzes Hemd drüber an.

Seine grünen Augen kamen durch die Schwarze Kleidung noch besser zur Geltung.

„Wer bist du und was willst du von mir?“ fragte ich aufgebracht.

„Lorenzo.“ Antwortete er mit einem leichten Lächeln.

Ich stand auf und fragte warum ich hier sei und ob es an den Schulden liegen würde, denn ich hatte nicht halb so viel Geld wie er verlangen würde.

Er stand auf und kam näher.

Ich schaute zu ihm hoch, da er ein Kopf größer als ich war.

Er schaute mir in die Augen und er sagte, dass ich für ihn arbeiten solle. Ich war verwundert. Er bringt mich nicht um?

Ich habe zu viele Filme geschaut. Warte mal...

Er denkt ich wäre Eliza. Wenn ich sagen würde, dass ich nicht Eliza bin dann würde er sie finden und arbeiten lassen.

Ihre Psyche würde das nicht aushalten. Ich nickte und nahm die Rolle als Eliza an.

Der Mann der am Telefon sprach kam plötzlich ins Zimmer und überreichte Lorenzo das Telefon.

„Es ist für sie." sagte der Mann.

Lorenzo nahm das Telefon und verließ das Zimmer.

„Du kannst mich Francesco nennen." sagte er.

„Sie sind Italiener oder?" fragte ich ihn.

Er nickte. „Du kannst mich duzen Eliza." sagte er.

Ich nickte. „Komm mit ich zeig dir dein Zimmer." sagte er.

Ich folgte ihm und wir liefen die Treppe, wo ein Schlafzimmer war. „Deine Kleidung ist im Kleiderschrank.“ sagte Francesco und verließ das Zimmer.

Ich schaute mir den Kleiderschrank an. Lorenzo hat eine gute Wahl getroffen. „Findest du?“ hörte ich Lorenzo sagen.

Ich drehte mich um und sah wie er plötzlich hinter mir stand. „Kannst du nicht Klopfen?“ sagte ich genervt.

Er kam auf mich zu.

Oh man, wie unangenehm es mir gerade ist. Er kam so nah, dass ich sein Atem spüren konnte. Ich ging auf Seite und verschränkte meine Arme. Er öffnete den Schrank und suchte mir ein Kleid aus. „Grün würde dir stehen.“ sagte er und gab mir das Kleid.

Ich schmiss das Kleid auf das Bett. “Ich werde nichts tragen, was du geholt hast“, sagte ich. Er grinste. „Du hast keine andere Wahl.“ antwortete er und verließ das Zimmer. Ich drückte meine Fingernägel in meine Handinnenfläche vor Wut. Als ich spürte wie die Innenfläche meiner Hand brennt öffnete ich meine Hände.

Ich zog das Kleid und passende weiße Schuhe an. Meine Haare ließ ich auf, sie waren leicht gewellt.

Ich lief nach unten ins Wohnzimmer. Francesco zeige mit dem Finger zum Esstisch. Lorenzo war noch nicht am Esstisch. Ich setzte mich hin und schaute das Essen vor mir an. „Spaghetti Bolognese." Lorenzo setzte sich dazu. Er fing an zu essen.

Ich trank ein Schluck Wasser, beim ab stellen merkte ich, dass da was Rotes dran war. Es war Blut.

Ich schaute meine Hände an.

Aus meiner Handinnenfläche tropfte Blut.

Ich konnte meine Wut nicht kontrollieren, sonst hätte ich meine Fingernägel nicht in meine Handinnenfläche gedrückt.

„Blutest du?" fragte Lorenzo mich entsetzt

Ich stand auf und sagte, dass ich kein Hunger mehr habe.

Gerade also ich gehen wollte hielt Lorenzo mein arm fest.

Er öffnete meine Hand und sah die Innenfläche.

Er schaute mir in die Augen und dann wieder auf meine Hand.

Er sagte mir ich solle mich auf die Couch im Wohnzimmer setzen. Er lief in Richtung Badezimmer.

Ich setzte mich.

Lorenzo kam mit einem Verbandskasten. Ich sagte ihm, dass es nicht nötig sei.

Er nahm meine Hand und Desinfizierte es. Ich zuckte, da es mir weh tat.

„Tut es weh?“ fragte er.

Ich schüttelte den Kopf.

Mir war es unangenehm, deshalb log ich.

Ich konnte meine Tränen nicht zurückhalten.

Ich zog meine Hand zurück und wischte mir die Tränen weg.

Lorenzo sagte nichts. Es war offensichtlich, dass es mir unangenehm ist.

Ich stand auf und lief ins Zimmer.

Lorenzo zeigte Verständnis und ließ mich in Ruhe.

Ich Legte mich mit dem Kleid ins Bett und weinte mich in den Schlaf.

Am Morgen weckte mich Francesco.

Ich stand auf und machte mir einen strengen Zopf, ich spürte noch eine lange strähne auf meiner Schulter, die ich nicht in den Zopf bekommen habe, doch bevor ich meine Haare erneut zu binden konnte hörte ich wie Francesco sagte, dass ich mich umziehen und runter gehen solle.

Er verließ das Zimmer, damit ich mich umziehen konnte.

Ich griff wieder zum erst besten was ich fand um schnell runter zu gehen, was untypisch für mich war, da ich normalerweise eine sehr Modebewusste Person bin und immer drauf geachtet habe gut gekleidet zu sein.

Ich fragte mich woher Lorenzo wusste welche Kleidergröße ich trug aber ich hatte keine Zeit mehr mir Gedanken über sowas zu machen und eilte schnellst möglich nach unten um Pünktlich beim Frühstück zu sein. Unten angekommen sah ich, dass Lorenzo noch nicht da war nur Francesco stand da und sagte mir ich solle Frühstücken bis Lorenzo kommt.

„ich habe kein Hunger." sagte ich.

Francesco ging zum Flur ohne mir zu sagen ich solle essen wie Lorenzo es tat.

Ich schaute mir den Garten an und war Fasziniert darüber, dass es fast so groß war wie die Villa selbst.

Während ich noch immer Fasziniert in den Garten schaute, hörte ich wie Francesco mir sagte, dass Lorenzo im Auto auf mich wartet.

Ich ging genervt zum Auto. Ich bin nicht seine Marionette.

Die ganze Zeit sagen die mir was ich tun soll.

Ich habe unter Arbeiten was anderes Verstanden.

Ich stieg ins Auto und schaute aus dem Fenster.

„Wohin fahren wir?“ fragte ich Lorenzo.

Er gab mir keine Antwort. Wir hielten vor einem Restraunt an.

Lorenzo Öffnete mir die Autotür.

Ich verschränkte meine arme und blieb sitzen.

Er befahl mir aus dem Auto zu steigen.

„Was machen wir hier?“ fragte ich.

„Ich treffe mich mit einem Bekannten.“ Sagte er.

Ich fragte ihn warum ich mitkommen soll wenn er sich doch mit einem Bekannten trifft, er antwortete mir erneut nicht und somit stieg ich schweigend aus dem Auto und wir gingen in das Restaurant.

Der Mann zu dem wir uns setzten, reichte mir zur Begrüßung seine Hand.

„Gabriel“ sagte er, ich war kurz verwirrt, weil ich nicht verstanden habe was er meint und dann ist mir eingefallen, dass er sich vorstellen wollte und ich antwortete ihm E.. Eliza beinah hätte ich Ella gesagt, da ich mich noch immer nicht daran gewöhnt habe, mich wie meine Schwester zu nennen.

Ich setzte mich ohne seine Hand zu schütteln.

Gabriel fragte Lorenzo ob er nicht mehr über mich erzählen möchte, doch ich antwortete, dass es nicht nötig sei, da ich doch selbst sprechen kann.

Gabriel schaute mich verwundert an.

Er hat wohl mit allem gerechnet nur nicht mit dieser Antwort.

„Wo ist die Ware?“ fragte Lorenzo.

Gabriel fragte ob Lorenzo ihn einen Moment mit mir alleine lassen würde.

Lorenzo schaute mich an und antwortete, dass er mich nicht alleine lassen würde.

Gabriel sagte daraufhin, dass er mir verraten würde wo die Ware sei, weshalb ich sagte, dass es okay für mich wäre.

Lorenzo stand langsam auf und schaute zu mir.

Er ging langsam fort und man merkte schon was für ein ungutes Gefühl er hatte, er ging nur so weit, dass er mich noch von hinten beobachten konnte.

Kaum war Lorenzo weg fragte Gabriel mich ob ich mit zu ihm gehen möchte. Ich ballte meine Fäuste.

was denkt er sich eigentlich?

Ich fragte ihn wo die Ware ist.

„Überlegst du es, dir wenn ich es dir verrate?“ fragte er mich.

ich nickte.

„Es ist im Kreuzlager. Lorenzo weiß wo es ist."

Ich stand auf.

„Hast du dir es überlegt meine hübsche."

Ich nahm das Glas Wein, was auf dem Tisch lag und schüttelte es über sein Hemd.

„Verwechsle mich nicht mit den anderen Frauen die du kennst! Nein." sagte ich.

Lorenzo sah, dass es ein Problem gab, kam wieder zurück und hielt meine Hand, um mich aus dem Restaurant zu bringen. Wir stiegen ins Auto und fuhren Weg. Lorenzo Fragte mich nicht wieso ich so gehandelt habe, er schwieg und sah mich an, vermutlich wollte er mich in keine unangenehme Situation bringen.

„Er wollte, dass ich mit ihm nachhause gehe" sagte ich.

Lorenzo nickte.

„Bist du wütend?" fragte ich noch.

„Es war nicht deine Schuld, du hast nichts falsch gemacht." antwortete Lorenzo.

Ich lächelte.

„Die Ware ist beim Kreuzlager." sagte ich.

Lorenzo schien überrascht zu sein.

„Ich habe dich unterschätzt.“ sagte er.

Ich musste lachen, die Autofahrt verging so schnell und so Angenehm, womit ich nicht gerechnet hätte.

Als wir ankamen, hielt er mir die Auto Tür auf, als wäre es Selbstverständlich. Ich stieg aus und ging in die Villa

DREI

Ohne mein Handy ist es langweilig.

Ich schaute seine Küche an, sie war unfassbar groß, fast so groß wie die Wohnung in der ich lebte… zumindest bevor Lorenzo mich entführt hat.

„Darf ich die Küche benutzen?“ fragte ich Lorenzo.

„Soll ich schonmal die Feuerwehr rufen?“ fragte er ironisch.

Ich fing an zu lachen.

Ich habe mir den Anführer einer Mafia etwas anders vorgestellt, weniger Humorvoll, ernster und kalt aber ich habe ihn echt falsch eingeschätzt, wie hätte ich ihn den auch richtig einschätzen können, bis auf in Filmen habe ich noch nie einen Mafiaboss gesehen.

Oder vielleicht auch nicht, ich mein wenn er so gut wäre wie ich es teilweise von ihm mit bekommen habe, dann wäre Eliza nicht in so einer Situation und ich müsste nicht meine Identität fälschen.

Gerade als ich mir Gedanken darüber machte was ich machen solle wenn alles rauskommt hörte ich wie Lorenzo sagte er würde mir helfen.

„Ich will Pizza machen.“ sagte ich.

Er grinste.

Er holte die Zutaten raus ohne mir eine Antwort geben. Wir teilten die Aufgaben auf er knetete den Teig und Ich schmierte Tomatensoße auf die Pizza und belegte es mit viel käse.

Lorenzo schob die Pizza in den Ofen.

„Du hast da etwas an deiner Nase." sagte ich ihm.

Ich hielt Mehl in der Hand und zögerte für ein kurzen Moment.

No risk, no fun, dachte ich mir und schmierte Mehl auf seine Nase.

Wie er wohl reagieren würde. „Er schaute mich an und drehte sich um. Ob ich wohl zu weit gegangen bin? Lorenzo drehte sich mit dem Mehl in der Hand wieder zu mir. Er grinste. Ich schaute seine Hand an und dann ihn. „Warte!" sagte ich. Er schaute mich irritiert an. Ich machte ein Schritt zurück und lief in den Garten. Gerade als ich an dem Pool vorbei lief rutschte ich aus. Lorenzo kam zu mir. Er gab mir seine Hand. Ich zögerte, weil ich Angst hatte, dass er mich in den Pool schubsen würde. Er half mir hoch und wir gingen rein. Ich lief ins Zimmer und zog mich um. „Komm runter essen." sagte Francesco. Er stand vor meiner Zimmertür. Ich öffnete meine Zimmer Tür und lief runter. Lorenzo war nicht da. „Du kannst anfangen zu essen." sagte Francesco. Ich schaute ihn an. „Wo ist Lorenzo?“ fragte ich. „Er hat wichtigeres zu tuen.“ sagte Francesco. Ich schaute die Pizza kurz an und dann wieder zu Francesco.

„Willst du dich zu mir setzen?“ Fragte ich.

Er lachte und ging. Ich fing an zu essen. Ob meine Mutter mich vermisst? Ich vermisse sie. Ich bereue es mich nicht verabschiedet zu haben oder ihr zumindest eine letzte Umarmung zu geben*. Wir hatten streit aber hoffentlich weiß sie, dass ich sie liebe und nicht freiwillig hier bin. Ich tue es für meine Schwester. Als ich zu Ende gegessen hatte stand ich auf und ging zu Francesco.

Ich hörte wie Francesco am Telefon sagte, dass er mich weg bringen wird. Ich schlich mich etwas näher um besser zuzuhören. ich hörte Francesco sagen, dass „sie“ Zeitnah bei Gabriel sein wird, ich habe nicht ganz verstanden worum es ging aber da er das Telefonat nicht in meiner Anwesenheit führen konnte ging ich davon aus, dass ich gemeint war. Ich lief wieder rein und überlegte was ich machen soll. Ließ Lorenzo etwa zu, dass ich zu Gabriel soll? Ich sah wie Francesco auf mich zu kam. Ich wollte laufen aber konnte mich nicht bewegen, ich erstarrte sofort und es kam kein Wort raus.

„Lorenzo ist unterwegs.“ sagte er.

Ich lief rein und suchte nach dem Autoschlüssel. Es war in der Schublade drinnen.

Ich holte es raus und lief durch die Haustür. Francesco sah mich gerade als ich die Tür schließen wollte. Ich eilte schnell zum Auto. Francesco lief zum Auto und bevor er die Autotür öffnen konnte schloss ich sie. Ich fuhr los ohne zu wissen wohin. Ein Handy klingelte. Woher kommt dieses Klingeln, ich habe mein Handy nicht? Auf dem Beifahrersitz lag ein Handy. Auf dem Telefon stand Lorenzo´s Name. Ich öffnete das Fenster und schmiss das Telefon raus. Ich hörte Schussgeräusche und blieb stehen. Ich schaute vom Rückspiegel und sah einen Wütenden Lorenzo auf mich zu kommen. Lorenzo klopfte an der Fensterscheibe und sagte, dass ich austeigen soll. Ich verschränkte meine arme und Schüttelte den Kopf. Kann er vergessen. Ich will nicht zu diesem alten sack, Gabriel. Lorenzo holte aus seiner Jackentasche ein Autoschlüssel raus und öffnete die Tür.

„Steig aus." sagte er.

„Bring mich doch dazu." zischte ich.

Er zog mich aus dem Auto packte mich an den Beinen und warf mich über seine Schulter.

„Lass mich runter!" schrie ich und schlug auf sein Rücken.

Er ließ mich vor seiner Autotür runter.

„Steig ein.“ sagte er.

„Nein.“ sagte ich.

Lorenzo schaute mich an, er legte seine Hand unter mein Kinn, damit ich ihn ansah.

„Wieso?“ fragte er.

„Du willst mich zu Gabriel bringen.“ sagte ich.

Lorenzo zog seine Hand weg und schaute verwirrt.

„Ich habe Francesco am Telefon gehört.“ Fügte ich hinzu.

Lorenzo zog eine Augenbraue hoch.

„Ich habe nicht vor dich Gabriel zu überlassen.“ sagte er.

Er scheint die Wahrheit zu sagen.

„Versprochen?“ fragte ich.

„Versprochen“ erwiderte Lorenzo.

Ich stieg ins Auto. Lorenzo Fuhr zurück, er hielt vor seinem Haus oder eher gesagt vor seiner Villa stehen. Ich lief ins Zimmer und setzte mich auf mein Bett. Ich schaute aus dem Fenster. Vom Fenster aus hatte man ein Ausblick zum Garten. Lorenzo setzte sich auf den Hängesofa. Ich stand auf und lief zu ihm. Lorenzo schaute zu mir. Ich setzte mich neben ihn und sagte nichts, wie den auch nachdem was heute passiert ist. Wie soll ich ein Gespräch mit ihm anfangen?

„Wir fliegen heute Abend." sagte Lorenzo.

Ich sprang auf.

„Wohin?" fragte ich erschrocken.

„Nach Italien." Antwortete er.

Ich konnte meine Tränen nicht zurückhalten. Ich will nicht weg von hier aber es würde nichts ändern, wenn ich es ihm sagen würde. Ich bin nicht zuhause, das ist mir bewusst aber wenigstens immer noch im selben Land. Lorenzo wischte mir meine Tränen weg. Ich drehte mein Kopf weg und lief ins Zimmer. Seine führsorge irritierte mich. Lorenzo öffnete die Tür und sagte, dass ich zum Auto soll.

„Kannst du nicht Klopfen?" Zischte ich. Ich lief zum Auto und stieg hinten ein. Francesco fuhr uns los zum Flughafen.

Er traut sich noch mich anzusehen. Schämt er sich denn nicht? Lorenzo hielt meine Hand fest, da ich unbewusst meine Hände erneut ballte. Wir hielten vor einem Flugzeug an.

„Steig ins Flugzeug." sagte Lorenzo.

Ich schaute ihn an.

Er ließ meine Hand los und schaute zu Francesco. Ich Stieg aus dem Auto und lief zum Flugzeug ohne wiederworte.

Aus dem Fenster konnte ich Lorenzo beobachten, ich sah wie Francesco und Lorenzo sich unterhielten und Lorenzo danach auch einstieg.

„Schnallen sie sich bitte an, wir starten.“ sagte mir eine Flugbegleiterin. Ich schnallte mich an und schaute zu Lorenzo der gegenüber von mir saß. Sein blick war zum Fenster gerichtet. Ich schaute neugierig aus dem Fenster und sah wie Francesco ging. Unser Flugzeug startete, es fing an langsam los zu fahren. Ich sah aus dem Fenster wie ein Auto mit voller Geschwindigkeit auf Francesco zu fuhr. Es knallte gegen Francesco´s Auto. Ich hielt mir die Augen zu. Das Flugzeug Flug hoch und erst als wir über den Wolken waren Traute ich mich wieder aus dem Fenster zu schauen.

„Wieso... wieso wurde er umgebracht?“ stotterte ich. Lorenzo ignorierte mich.

„Lorenzo?“ gerade als ich seinen Namen sagte schaute er zu mir.

„Er hat Informationen weitergeleitet.“ antwortete er mir.

„Hast du ihn...“ ich presste meine Lippen aufeinander.

„Sein Chef war es.“ sagte er.

Ich lehnte mich zurück und schloss meine Augen. Ich träumte von Eliza. Wie sie auf dem Boden lag, es war alles voll mit Blut getropft, ich habe mich so gefühlt also würde es nochmal passieren und ich wusste wieder nicht damit umzugehen. Es fühlte sich so an als könnte ich nicht schreien. Ich spürte eine warme Hand auf meiner Schulter. Als ich die Augen öffnete sah ich Lorenzo an der vor mir stand.

„Wir sind da." sagte er. Ich stand auf und Umarmte ihn. Gerade habe ich eine Umarmung gebraucht. Lorenzo legte seine Hand unter mein Kinn. Er schaute mir in die Augen, meine Wangen wurden rot.

Er fing an zu Lächeln. Ich habe mich in dem Moment das erste Mal nach langer Zeit wieder sicher und geborgen gefühlt. Wir stiegen ins Taxi welches vor einem großen Haus anhielt.

VIER

Lorenzo stieg aus und öffnete mir die Tür.

„Wir sind da." sagte er.

Ich stieg aus und schaute mich um. Die Haustür öffnete sich und ein älterer Mann lief auf Lorenzo zu. Er umarmte Lorenzo.

„lang nicht mehr gesehen." sagte er und wurde emotional. Ich schaute den Mann verunsichert an. Nicht, dass es wieder einer wie Francesco ist oder noch schlimmer wie Gabriel.

„Eliza." riss mich Lorenzo aus meinen Gedanken. Ich schaute hinter mich und dann wieder zu Lorenzo. Er meint mich, fast vergessen. Lorenzo zog eine Augenbraue hoch. Ich spielte schnell weiter meine Rolle als Eliza.

„Freut mich sie kennen zu lernen." sagte ich dem Mann und schüttelte seine Hand. Ich wusste nicht ganz ob er mir seinen Namen sagen wollen würde, weshalb ich nicht fragte.

„Komm rein." sagte er.

Ich hatte das Gefühl als würde er mich nicht beachten, da er nur zu Lorenzo sprach.

Wir gingen zum Wohnzimmer und setzten uns hin. Ich schaute mir verunsichert das Wohnzimmer an. „Schön dich wieder zu sehen, Bruder." Sagte Lorenzo. Warte wenn das der Bruder ist dann ist dieser Mann Lorenzo´s Vater. Ich schaute Lorenzo geschockt an. Adrian küsste meine Hand und setzte sich vor mich.

„Ich möchte euch heute Abend etwas sagen, was dich betrifft Lorenzo." sagte sein Vater. Lorenzo hielt meine Hand und führte mich ins Schlafzimmer. Ich schaute mich um, es hingen viele Bilder von Lorenzo an den Wänden. Ich schaute mir eins näher an, eine Frau stand neben Lorenzo. Lorenzo sieht ihr sehr ähnlich.

„Ist sie deine Mutter?" fragte ich ihn. Lorenzo nickte.

„Sie ist wunderschön." sagte ich.

„Meine Mutter ist vor zwei Jahren verstorben." sagte er.

Ich drehte mich zu ihm. Ich konnte meine Tränen nicht länger zurückhalten. Lorenzo wischte mir die Tränen weg.

„Sie wurde erschossen." Flüsterte er.

Ich versuchte ihn nicht anzugucken. Das Leben ist unfair. Die besten Menschen gehen viel zu früh von uns. Ich setzte mich aufs Bett und schaute Lorenzo an.

„Wo schlafe ich?“ fragte ich um das Thema zu wechseln.

„Wenn du willst kannst du bei mir im Zimmer schlafen mein Bett ist groß.“ sagte Adrian der vor der Zimmer Tür stand.

„Sie schläft bei mir.“ sagte Lorenzo und knallte die Tür vor Adrians Nase zu.

Ich versuchte mein Lächeln zu verkneifen. Lorenzo erwischte mich dabei. Ich stand auf und lief zur Tür. Lorenzo hielt mein arm fest. Ich schaute seine Augen an, meine Augen wanderten auf seine Lippen. Lorenzo grinste. Ich löste mich aus dem griff.

„Wohin gehst du?“ fragte er.

„Keine Sorge, ich laufe nicht weg.“ sagte ich und verließ das Zimmer. Adrian verließ gerade auch sein Zimmer der gegenüber von uns stand. Wir liefen gemeinsam die Treppen runter.

„Sollen wir zusammen einkaufen?“ fragte Adrian. Ich lachte.

„Einkaufen?“ wiederholte ich. „Willst du nicht auch etwas weg von hier?“ fragte er.

Er reichte seine Hand. Ich zögerte zuerst. Es ist besser als hier drinnen Ella. Dachte ich mir. Ich nahm seine Hand und nickte. Ich schaute die Treppen hoch. Lorenzo schaute uns zu. Adrian zog mich mit zum Auto. Wir fuhren los, während der Fahrt schaute ich mir die Umgebung an. „Italien ist so schön.“ murmelte ich.

Wir hielten vor einem Mode Geschäft an. Um ehrlich zu sein mag ich es nicht einzukaufen aber ich will nicht undankbar rüberkommen. Adrian gab mir ein dunkelblaues Kleid. Adrian sah Lorenzo nicht so ähnlich. Lorenzo sieht seiner Mutter ähnlich und Adrian seinem Vater. Ich nahm das Kleid und Probierte es an. Es lag perfekt an mir, als wäre es Maßgeschneidert worden, weder zu lang noch zu kurz.

„Wunderschön.“ sagte Adrian.

Ich bedankte mich und zog mich wieder um. Adrian Kaufte mir das Blaue Kleid und noch andere Kleider während ich mich umzog.

„Schicken sie die Tüten nachhause.“ sagte er der Kassiererin, scheint so als würde er hier öfter Einkaufen, woher sollte sie den sonst die Adresse haben?

„Ich kann so viel nicht annehmen.“ sagte ich Adrian. Ich arbeite schon um die schulden abzuzahlen. Damit es nicht undankbar rüberkommt habe ich es zugelassen aber nur für ein Kleid.

„Nimm es als Geschenk an." sagte er.

Ich hatte ein schlechtes Gewissen jedoch nickte ich. Adrian zeigte mir die Gegend.

„In welcher Stadt sind wir?" fragte ich unauffällig.

„In Sizilien." sagte er und lief weiter.

Eliza wollte schon immer nach Italien. Ich vermisse sie und meine Mutter. Wir stiegen wieder ins Auto und Fuhren zurück, da der Vater der beiden Brüder etwas zu besprechen hatte.

„Danke." sagte ich. Adrian Lächelte mich an.

„Ich mag dich Eliza." sagte er. Wir hielten vor der Haustür an. Ich stieg aus und lief rein. Es fühlt sich nicht richtig an zu lügen aber ich musste nun mal lügen für meine Schwester, ich mein jeder andere würde es doch auch tuen, wir sind doch eine Familie. Ich lief hoch ins Schlafzimmer. Auf dem Bett lag das dunkelblaue Kleid, dass mir Adrian gekauft hatte. Ich zog mich aus und legte meine Kleidung bei Seite. Gerade als ich das Kleid mir in die Hand nahm, kam Lorenzo rein. „Kannst du nicht klopfen?" Fragte ich.

Ich hielt das Kleid vor mich damit er mich nicht sieht. Lorenzo drehte sich um aber er hatte mich schon in Unterwäsche gesehen. Es ist mir gerade so peinlich, meine Wangen wurden rot. Ich zog mir das Kleid schnell an. Mein Reißverschluss ging nicht zu. Lorenzo drehte sich wieder zu mir. „Kannst du mir helfen?“ fragte ich nervös. Lorenzo nickte und legte meine Haare zur Seite. Ich spürte seinen Atem, mein Herz fing an zu rasen. Lorenzo schloss mein Reisverschluss. Ich drehte mich wieder zu ihm, mein Blick war auf den Boden gerichtet.

„Dankeschön.“ murmelte ich.

Wir liefen gemeinsam nach unten zum Esstisch. Ich setzte mich neben Lorenzo. Wir fingen an zu essen.

„Ich hatte bereits gesagt das ich etwas sagen will.“ ertönte die Stimme von Lorenzo´s Vater. Unsere Blicke richteten wir aufmerksam auf ihn. „Lorenzo, da du das Geschäft führst muss du Heiraten.“ sagte der Vater. „Ich hatte da an Kayla gedacht.“ erzählte der Vater weiter. Lorenzo schaute mich an und richtete dann wieder sein blick zu seinem Vater. Lorenzo schaute seinen Vater nur an. Adrian und ich waren fassungslos. „Oder du heiratest einfach Eliza, somit hätte sie auch keine schulden mehr.“ Wer war Kayla und wie kam er jetzt auf mich?

Ich war sprachlos.

„Eliza du hast schulden bei mir aber da ich nicht mehr arbeite und Lorenzo jetzt die Verantwortung übernimmt, arbeitest du die schulden bei Lorenzo ab.“ sagte der Vater.

Ich dachte es wäre Lorenzos schuld. Er tut es nur für seinen Vater, genauso wie ich es für Eliza tue. Ich stand auf und lief ins Zimmer.

Adrian lief mir hinterher. „Eliza." sagte er und hielt mein arm fest. Ich schaute ihn an. Doch bevor er etwas sagen konnte öffnete Lorenzo die Tür. Ich zog mein arm zurück und schaute auf den Boden. Adrian verließ das Zimmer ohne etwas zu sagen. Lorenzo schloss die Zimmertür. Ich zog mich um und legte mich ins Bett. Lorenzo legte sich neben mich. Es ist sein Zimmer, ich konnte nicht sagen, dass er raus aus dem Bett soll. Mein Rücken war zu ihm gedreht. Ich schloss meine Augen und schlief ein. Am Morgen öffnete ich langsam meine Augen. Mein Arm war auf Lorenzos Bauch und mein Kopf auf seiner Brust. Lorenzo lag auf sein rücken und war am Schlafen. Ich versuchte vorsichtig aufzustehen, damit Lorenzo nicht aufwacht. Ich lief ins Badezimmer, bevor ich die Zimmer Tür schloss schaute ich Lorenzo an. Er schaute zu mir und stand auf. Ich schloss schnell die Tür und ging Duschen. Als ich aus der Dusche kam, war Lorenzo nicht mehr im Zimmer. Ich zog mich schnell um und lief nach unten ins Wohnzimmer. Ich schaute mir die Bücher vom Buch regal an. Vorsichtig nahm ich mir eins in die Hand, mit dem Buch lief ich zum Garten und legte mich auf die liege. Mir fiel das Gespräch von gestern ein. Ich kann niemals mit ihm Heiraten. Es würde rauskommen, dass ich nicht

Eliza bin. Ich hatte ein schlechtes Gewissen, weil ich lüge. Adrian setzte sich an die kante der liege.

„Wie fühlt es sich an Verlobt zu sein?“ fragte er ironisch.

Ich rollte die Augen gespielt. Lorenzo kam zu uns.

„Steh auf.“ sagte er.

Ich zog eine Augenbraue hoch. Wieso ist er so gereizt? Fragte ich mich. Er kann mir nicht immer sagen was ich tun soll. Ich verschränkte meine Arme.

„Wir unterhalten uns gerade.“ sagte Adrian.

Lorenzo hielt mein arm und zog mich ins Schlafzimmer. Lorenzo schloss die Zimmer Tür. Ich löste meine Arme und gab ihm eine Ohrfeige.

„Was ist dein Problem?“ schrie ich.

Lorenzo kam auf mich zu. Ich ging Schritte zurück und setzte mich aufs Bett. Ich schaute auf den Boden. Lorenzo legte seine Hand unter mein Kinn und zwang mich ihn anzugucken.

„Du wirst nicht mehr mit ihm reden.“ sagte Lorenzo.

„Ja, Sirr.“ murmelte ich ironisch.

Es schien als hätte er es gehört. Er verließ das Zimmer und lief nach unten. Ich lief ihm hinterher. Den ganzen Tag im Zimmer zu verbringen würde mich Langweilen. Lorenzo merkte es aber sagte nichts. Es schien ihn nicht zu stören. Gerade als wir die Haustür öffneten, stand eine Frau davor. Sie kam mir unfassbar bekannt vor.

„Adrian ist im Garten." sagte Lorenzo.

Ich schaute sie verwundert an. Sie lief ins Haus. Wir stiegen ins Auto und Fuhren los. Lorenzo erwischte mich dabei, wie ich seine Hände anschaute. Er grinste, ich schaute aus dem Fenster und Spielte mit meinen Händen, weil es mir unangenehm war. Ich spürte eine warme Hand.

Lorenzo hielt meine Hand fest. Meine Wangen wurden rot. Ich schaute aus dem Fenster, damit er es nicht sieht. Wir blieben vor einem Strand stehen. Ich stieg aus dem Auto und lief zum Wasser. Lorenzo kam zu mir und schaute mich an. Ich setzte mich auf den Boden und schaute das Wasser an.

„Kann ich dich was fragen?" fragte ich.

Lorenzo nickte.

„Wieso verstehst du dich nicht mit deinem Bruder?" fragte ich.

Lorenzo schaute zu mir.

„Mein Vater lässt mich das Geschäft führen." sagte er.

Ich verstand es jetzt. Adrian sah Lorenzo als Konkurrenz.

„Kann ich dich etwas fragen?“ fragte er mich.

Ich nickte.

„Was ist mit deinem Vater passiert?“ fragte Lorenzo.

Mein Schlucken wurde schwer und ich merkte wie ich meine Tränen nicht länger zurückhalten konnte. Ich wischte meine Tränen weg und schaute ihn an.

„Er starb an Krebs.“ sagte ich.

Lorenzo wollte etwas sagen, jedoch unterbrach ich ihn.

„Hast du Informationen nach meiner Vergangenheit gesucht?“ fragte ich ihn.

Er nickte. Als ich an dem Tag, an dem er mir von seiner Mutter erzählt hat geweint hatte war es offensichtlich, dass ich was solche Themen angeht sehr sensibel bin. Ich wischte meine Tränen weg und stand auf. Lorenzo hielt meine Hand fest. Er stand auf und holte etwas aus seiner Jackentasche raus, es war ein Ring. Es kam so unerwartet. Ich nickte nur. Lorenzo zog mir den Ring an. Mir war bewusst, dass es keine echte Verlobung war aber es war etwas Besonderes für mich. ich hatte noch nie einen Freund, weil ich Angst hatte, dass es wie bei meiner Mutter und meinem Vater ausgehen würde.

Lorenzo brachte mich in ein Restraunt. Wir setzten uns nicht an den Esstisch. Er brachte mich in die Küche.

„Was machen wir hier?“ fragte ich neugierig.

„Eine Pizza die wir diesmal zusammen essen.“ antwortete er.

Er hat es nicht vergessen. Auf meinem Gesicht breitete sich ein lächeln aus. Ich zog mir eine schürze an, damit meine Kleidung nicht dreckig wurde. Lorenzo fing an denn teig zu kneten. Ich holte die Tomatensoße raus. Wir belegten die Pizza und schoben sie in den Ofen. Ich legte das Mehl zurück in den Schrank. Lorenzo tippte mich an, gerade als ich mich umdrehte landete Mehl auf meinem Gesicht. Ich blieb ruhig und kam Lorenzo näher. Auf der Theke hinter mir lag Mehl, ich nahms heimlich in die Hand. Ich schaute Lorenzo auf die Lippen. Er versuchte sein lächeln zu unterdrücken. Ich nahm das Mehl und schmierte es auf seine Nase. Ich lief hinter die Theke und lachte. Lorenzo kam auf mich zu mit einem fiesen lächeln.

„Waffen Still stand“ sagte ich schnell.

Lorenzo ließ das Mehl fallen und nickte. Ich schaute die Küche an. Überall lag Mehl. Lorenzo holte die Pizza aus dem Ofen.

Wir setzten uns an den Tisch und aßen.

„Schmeckt gut.“ sagte ich.

Ich schaute Lorenzo an. Er schaute mein Geburtsfleck neben meiner Augenbraue an. Er sagte nichts dazu und aß weiter. Ich werde oft gefragt ob es eine wunde wäre aber er fragte nicht. Vielleicht ist er der erste, der gemerkt hat das es ein Geburtsfleck ist.

Als wir zu Ende gegessen hatten, stand ich auf. Ich lief zum Waschbecken und fing an zu spülen.

„Die angestellten machen hier sauber." sagte Lorenzo. Ich schüttelte den Kopf und spülte weiter. Wenn ich es unordentlich mache, mache ich es auch sauber. Lorenzo stellte sich neben mich und trocknete das Geschirr. Es wundert mich, dass er so ist, ich hätte erwartet das er kalt und egoistisch ist. Ich habe ihn schon verurteil, bevor ich ihn kannte. Er tut es für seinen Vater und ich für meine Schwester, für Eliza. Ich fühlte mich neben ihm so wohl und sicher. Zuhause hatte ich mich nie so gefüllt.

„Woran denkst du?" riss mich Lorenzo aus meinen Gedanken.

Ich schaute ihn an überlegte kurz.

„Nichts." murmelte ich.

Ich zog die schürze aus und lief aus der Küche. Wir liefen ins Auto und Fuhren zurück zu Lorenzo.

Adrian ging aus dem Haus und sprach mit Lorenzo. Ich schaute kurz Lorenzo an und lief rein.

FÜNF

Nala saß auf dem Sofa, sie schaute mich an. Es verunsicherte mich. Ich blieb erschrocken stehen und drehte mich wieder zu ihm.

„Ist etwas?" fragte sie.

Ich schüttelte den Kopf und lief ins Schlafzimmer. Wir sind auf die gleiche Schule gegangen. Von der fünften bis zur Siebten Klasse waren wir gute Freunde. Kein Tag verbrachte ich ohne sie.

Vor Neun Jahren. An einem Abend als meine Mutter mit ihrem Freund draußen war.

Sagte Eliza mir, dass ich ins Zimmer soll. Ein Freund von ihr sollte kommen und ich solle im Zimmer bleiben. Eliza sagte, dass sie aufhören wird Drogen zu nehmen. Meine Mutter wusste nichts davon, weil ich schwieg. Ich schwieg doch nur, weil ich ihr so gerne geglaubt hätte, ich hätte alles getan, damit es stimmt was sie sagt, da ich sie nie verlieren wollte. Ich sahs an dem Abend in meinem Zimmer und Weinte, weil ich Angst hatte. Nala rief mich an und fragte was ich so machte.

„Du fragst doch sonst nie." antwortete ich.

„Was ist los, geht's dir nicht gut?" fragte sie.

Ich antwortete ihr nicht.

„Ella ich merke doch, dass es dir nicht gut geht, wieso vertraust du mir nicht?" sagte sie.

„Weil du eine schlechte Freundin bist!" rief ich und legte auf.

Sie war nicht die schlechte Freundin, ich war es. Ich wusste nicht wie ich mit meiner Trauer und angst umgehen soll. Es war unser Letzter Streit. Seitdem gehen wir uns aus dem weg. Ich hörte ein Schuss Geräusch von unten. Mein Herz raste. Ich lief die Treppen runter und sah Lorenzo auf dem Sofa liegen. Adrian Telefonierte. Ich lief zu Lorenzo und fing an zu weinen.

„Er wurde angeschossen." sagte Nala.

Ich schaute auf meine Hand, sie war mit Lorenzo´s Blut beschmiert. Adrian öffnete die Haustür. Die Sanitäter brachten Lorenzo weg. Adrian Fuhr mit ihnen weg. Nala brachte mich ins Badezimmer und wusch meine Hand. Ich umarmte sie.

„Du kannst kein Blut sehen oder?" fragte sie mich.

Ich löste mich aus ihrem Griff und drehte mein Rücken zu ihr. Ich konnte nie viel Blut sehen und das wusste sie, die alte Nala wusste es. Nala bekam einen Anruf von Adrian. Als sie auflegte, fragte ich besorgt wie es Lorenzo geht.

„Er hat viel Blut verloren und braucht dringend Blut.“ sagte sie.

„Welche Blut gruppe braucht er?“ fragte ich.

„A Positiv.“ sagte sie.

„Ich gebe es!“ sagte ich hoffnungsvoll.

Wir fuhren zu ihm ins Krankenhaus. Ich stieg aus und lief auf Adrian zu, der vor der Tür am Rauchen war. Wir liefen ins Krankenhaus. Ein Arzt nahm mir Blut ab. Mir wurde Schwindelig durch die Blutabnahme. Ich legte mein Kopf auf Nalas Schulter und schlief ein.

„Steh auf!“ ertönte Nalas Stimme.

Ich öffnete meine Augen und schaute sie an.

„Er ist wach.“ sagte sie.

Ich sprang auf und lief ins Zimmer. Lorenzo schaute mich an, ich Umarmte ihn. Lorenzo wischte meine Tränen weg.

„Wieso hast du mir geholfen?“ fragte er.

„Ich konnte nicht zulassen, dass du verblutest.“ flüsterte ich.

Der Arzt kam ins Zimmer.

„Sie dürfen nach der Untersuchung zu ihm.“ ertönte der Doktor.

Ich stand auf und lief raus. Nala setzte sich neben mich.

„Wie geht's dir?“ fragte sie.

Ich rollte die Augen und stand auf.

„Ella warte!“ rief sie.

Ich blieb stehen und drehte mich zu ihr.

„Ich weiß das du es bist.“ Fügte sie hinzu.

Ich schüttelte den Kopf.

„Du verwechselts mich mit einer anderen.“ Sagte ich und versuchte sie zu überreden.

„Und dein Geburtsfleck auch?“ fragte sie ironisch.

Ich strich meine Finger über mein Geburtsfleck.

„Wieso gibst du dich als Eliza aus?“ fragte sie und legte ihre Hand auf meine Schulter.

Ich ging ein Schritt zurück und schaute sie an.

„Versprich mir, dass du es keinem sagen wirst.“ flüsterte ich.

Nala nickte. Ich drehte mich um und lief in Lorenzo´s Zimmer. Lorenzo Zog seine Jacke an.

„Was machst du?“ fragte ich.

„Wir gehen nach Hause.“ sagte er.

Adrian nahm die Tasche von Lorenzo.

„Der Doktor kommt uns zuhause besuchen." sagte er. Wir liefen zum Auto. Lorenzo und ich setzten uns nach hinten. Nala schaute mich vom Rückspiegel an. Ich versuchte Blickkontakt zu vermeiden. Adrian hielt vor der Haustür an. Er ging mit Lorenzo ins Schlafzimmer. Ich stieg aus dem Auto und lief ins Haus.

„Ella!" rief Nala.

Ich legte mein Zeigefinger auf meine Lippe und zog meine Augenbraue hoch.

„Eliza." Korrigierte ich sie.

Sie nickte.

„Wolltest du etwas sagen?" fragte ich.

„Hab es vergessen." murmelte sie.

Ich lief hoch. Neben Lorenzo saß eine Frau. Sie saß auf der Bettkante und versuchte Lorenzo mit Suppe zu Füttern. Ich ballte meine Hand vor Wut. Wer ist sie und wie ist sie ins Zimmer gekommen? Lorenzo schien es nicht zu stören. Ich stellte mich vor sie.

„Du musst Eliza sein." sagte sie.

Sie schaute mich von oben bis unten an.

Sie hat mir gerade nicht Ernsthaft diesen Blick zu geworfen.

Gerade als ich reden wollte, betrat Lorenzos Vater das Zimmer.

„Kayla meine hübsche.“ sagte er mit offenen Armen.

Ich schaute verwundert.

„Eliza weiß du nicht mehr?“ fragte er.

Ich schüttelte den Kopf. Was meint er?

„Ich habe doch mal Kayla´s Namen erwähnt gehabt, a..“

bevor er weiter reden konnte unterbrach Lorenzo ihn.

„Könnt ihr mich mit meiner Verlobten alleine lassen.“ sprach Lorenzo

dazwischen.

Kayla warf mir ein Fiesen Blick zu und ging mit dem Vater aus dem

Zimmer.

Ich verschränkte meine Arme und schaute Lorenzo an.

Er fing an zu Lachen.

„Wieso lachst du?“ fragte ich genervt.

Lorenzo sagte nichts.

„Man merkt, dass es dir schon viel besser geht.“ Zischte ich.

Lorenzo hielt meine Hand und schaute mich an. Ich schaute auf seine

Hand und sah an seinem Ringfinger einen Ring.

Meine Wangen wurden Rot.

Er trägt auch ein Ring.

Ich ließ seine Hand los und lief ins Badezimmer.

Meine Haare steckte ich hoch.

Ich zog mein Schlafanzug an und legte mich ins Bett. Lorenzo drehte sich zu mir.

Er hat so schöne Augen. Meine Augen wanderten auf seine Lippen. Lorenzo grinste.

Ich drehte mein Rücken zu ihm und schloss meine Augen. Lorenzo umarmte mich. Mein Herz fing an zu rasen. Ich schloss meine Augen und schlief ein. Als ich meine Augen langsam öffnete schaute ich neben mich. Lorenzo war nicht mehr im Zimmer. Nala schloss die Zimmertür und lehnte sich an den Schreibtisch.

„Was willst du?“ murmelte ich.

Sie holte mir aus dem Kleiderschrank ein Gelbes Kleid raus.

„Das würde dir stehen.“ sagte sie und hielt es vor mich.

Sie benimmt sich so als wäre nichts. Ich stand auf und holte eine schwarze Anzugshose und ein schwarzes Oberteil aus dem Schrank.

Ich lief ins Badezimmer und schloss die Tür. Sie kann doch nicht nach so vielen Jahren auftauchen und so tun als wäre nie etwas gewesen.

Ich zog mich an und machte mir einen Zopf. Nala Klopfte an der Tür.

„Willst du mir aus dem Weg gehen ist es, dass was du willst mich für immer ignorieren?“ Ich öffnete die Tür.

„Machst du Witze?“ fragte ich ironisch.

„Ella.“ sagte sie.

„Nenn mich nicht so!“ sagte ich.

Sie kann doch nicht von mir verlangen, dass ich so tue als wäre nie etwas passiert. Sie hielt meine Hand. Ich zog sie zurück und machte einschritt zurück.

„Du hast mich verlassen, als ich dich gebraucht habe.“

meine Tränen flossen über meine Wange.

„Hätte ich gewusst wieso...“ murmelte sie.

„dann hättest du es wieder getan?“ unterbrach ich sie.

Nala schaute auf den Boden. Ich wischte meine Tränen weg und lief aus dem Zimmer.

Adrian saß im Wohnzimmer. Ich rollte die Augen und lief zur Küche. Ich nahm ein Glas in die Hand, gerade als ich mich umdrehen wollte stand Adrian vor mir. Ich machte ein Schritt zurück und ließ das Glas aus meiner Hand fallen.

„Habe ich dich erschrocken?" fragte er mit einem hinterhältigen lächeln.

„Wieso schleichst du dich hinter mich?" fragte ich genervt.

„Lorenzo sagte ich soll dich zu ihn Fahren." sagte Adrian.

Ich traue ihn nicht aber ich habe keine andere Wahl. Wir liefen zum Auto. Adrian hielt mir die Tür auf. Ich setzte mich aber hatte kein gutes Gefühl dabei. Adrian schaute aus dem Rückspiegel und fuhr schnell los. Neugierig schaute ich nach hinten. Nala lief auf uns zu und rief das wir anhalten sollen.

„Halte an!" sagte ich Adrian. Er ignorierte mich und Fuhr schneller.

Mir wurde klar, dass er mich nicht zu Lorenzo fahren wird. Ich versuchte die Autotür zu öffnen, doch sie war abgesperrt.

„Halte an!" fing ich an zu schreien.

Was soll ich machen? Die Tür ist abgesperrt. Adrian hielt an einem Haus mitten im Wald an. Er öffnete mir die Autotür. Gerade als ich aussteigen wollte hielt er mir eine Pistole an meinen Kopf.

„Wenn du versuchen solltest weg zu laufen…" sagte er aber beendete nicht seinen Satz. Ich wusste was er mir sagen wollte. Adrian sperrte mich im Zimmer ein und verließ das Haus. Ich setzte mich auf den Boden. Was Eliza gerade wohl macht, fragte ich mich. Lieber erlebe ich sowas als meine Schwester. Was wohl Adrian vorhat. Ich muss hier dringend weg. Das Zimmer war klein. Es hatte eine Matratze und ein Holzstuhl. Mehr nicht, es war so leer. Ich schaute aus dem Fenster Adrians Auto stand nicht mehr vor der Tür. Bestimmt ist er weggefahren. Ich nahm den Stuhl und versuchte damit die Fensterscheibe zu zerbrechen. Die Scheibe zerbrach. Ich versuchte die scharfen Scherben runter zu werfen.

„Eliza?" hörte ich Adrian sagen. Er ist nicht weg? Ich ignorierte ihn und kletterte aus dem Fenster. Adrian öffnete die Zimmertür und sah mich. Mein Herz raste.

„Bleib stehen!" schrie er.

„Denkst du wirklich ich bleibe jetzt stehen?" sagte ich und fing an los zu rennen. Ich wusste nicht wohin aber Hauptsache weg von Adrian. Mein Schuh blieb im Schlamm stecken. Adrian kam immer näher auf mich zu. Ich zog mein Schuh aus und lief weiter. Der Weg Führte zu einer Autobahn. Ich schaute zurück und Adrian war nicht mehr zu sehen. Ich atmete aus und lief langsamer. Es fühlt sich an als wäre ich in einem Alptraum. Ich wünschte es wäre nur ein Traum. Ein Auto hupen riss mich aus meinen Gedanken. Ich drehte mich um und streckte meine Hand, damit es anhält. Nala stieg aus dem Auto und lief auf mich zu.

„Lorenzo ist auf dem weg!“ rief sie.

Ich war für einen Augenblick erleichtert. Nala umarmte mich.

„Schließ deine Augen.“ Flüsterte sie.

Ich wollte ihr diesmal vertrauen und schloss sie. Sie wechselte die Richtung mit mir. Ein Schuss Geräusch, ließ mich zucken. Ich öffnete meine Augen und sah Adrian Hinter Nala stehen. Er hielt eine Waffe in der Hand. Ich löste mich aus Nala´s Arm vorsichtig. Sie lächelte mich an und schloss ihre Augen. Ich fing sie auf, gerade als ich mich auf den Boden kniete hielt Lorenzo´s Auto an. Er stieg aus dem Auto und sah mich an. Lorenzo schaute Adrian an und lief auf ihn zu. Er riss die Pistole aus Adrians Hand. Lorenzo gab ihm eine Kopfnuss. Adrian fiel auf den Boden und fing an zu Bluten. Ich umarmte Nala die in meinen Armen lag.

„Dir wird nichts passieren.“ Flüsterte ich.

Lorenzo trug Nala zum Auto und wir fuhren zum Krankenhaus. Wir ließen Adrian zurück. Nala war gerade wichtiger.

Sie wurde in den Operationssaal gebracht. Ich umarmte Lorenzo. Er strich mir über mein Rücken und versuchte mich zu beruhigen.

„Wieso hat Adrian das getan?" fragte ich.

„Er will das alles was ich habe ihm gehört." Flüsterte Lorenzo.

Ich wischte meine Tränen weg und versuchte mich zu beruhigen. Lorenzo hielt meine Hand. Wir liefen zum Auto und Fuhren los. Die Autofahrt über sprachen wir kein Wort. Lorenzo hielt vor seiner Haustür an. Ich stieg aus dem Auto und lief ins Zimmer. Ich zog mich um und legte mich ins Bett. Lorenzo kam ins Zimmer und setzte sich an die Bettkante. Ich machte ihm Platz und zeigte ihm mit meiner Hand neben mich. Lorenzo legte sich neben mich. Ich umarmte ihn und er schaute mir in die Augen. Ich schaute ihn an und schlief ein. Ich wachte auf und lief ins Badezimmer. Ich zog das Gelbe Kleid an welches Nala mir ausgesucht hatte.

„Eliza?" hörte ich Lorenzo sagen. Ich öffnete die Tür und schaute nach ihm.

„Wir sind zu einer Gala eingeladen." sagte er.

„Ich habe eh keine andere Wahl." murmelte ich.

„Braves Mädchen." sagte Lorenzo und lief aus dem Zimmer.

Die Haustür klingelte. Lorenzo öffnete die Haustür. Es war Kayla. Sie umarmte Lorenzo und kam rein.

„Wie geht es dir." fragte sie.

Ich verschränkte meine arme und setzte mich aufs Sofa. Lorenzo schaute mich an und grinste.

„Lorenzo ich habe von Adria gehört." sagte sie. Sie warf mir einen fiesen blick zu. Ich hielt mich schwer zurück um dieser Blondine keine zu verpassen. Kayla hielt Lorenzos Hand und unterhielt sich dabei mit ihn. „Ich mache mich schonmal für heute Abend fertig." sagte ich.

„Dein Kleid liegt auf dem Bett." sagte Lorenzo.

Ich ignorierte ihn und lief hoch ins Zimmer. Auf dem Bett lag ein Rotes Kleid. Ich Zog es an und Schminkte mich. Ich schaute ob es hier ein Lockenstab gab und wie es scheint hatte Lorenzo sich auch darum gekümmert. Ich trug passend zum Kleid einen roten Lippenstift auf. Lorenzo öffnete die Zimmertür. Ich stand auf und schaute ihn an. Er sah mich von Unten nach oben an.

„Du siehst bezaubernd aus." sagte er.

„Sag das Kayla." zischte ich.

Lorenzo lächelte. Ich verdrehte meine Augen und lief zur Tür. Lorenzo hielt meine Hand fest.

„Du bist blind." flüsterte er.

Ich schaute in seine Augen. Lorenzos Augen wanderten auf meine Lippen. Ich näherte mich an sein Gesicht und flüsterte.

„Sicher, dass ich es bin?" Lorenzo ließ meine Hand los. Ich lief ins Wohnzimmer.

„Freust du dich auf die Gala." Fragte er.

„Sehr." antwortete ich.

Natürlich nicht. Es ist offensichtlich, dass wir uns nicht mögen. Hätte ich eine andere Wahl dann wäre ich nicht hier. Obwohl ich mich in der Nähe von Lorenzo sicher fühle.

„Hast du mitbekommen das Adrian gesucht wird?" fragte sie. Sie fing an zu lachen.

„Was ist so lustig?" fragte ich sie.

Ich fing an meine Fäuste zu Ballen. Ich stellte mir schon vor wie ich sie an ihren Haaren zog und umher schleifte. Sie antwortete nicht mal auf die Frage was so lustig sei, was mich umso wütender machte. Lorenzo kam zu uns und schaute mich an. Er sagte wir sollen zum Auto. Dann sah er plötzlich auf meine Hände, ich wollte nicht, dass er wieder sieht wie ich meine Fäuste ballte. Ich ließ meine Hände locker und stand auf. Wir gingen gemeinsam zum Auto, aus irgendeinem Grund kam Kayla mit zu der Gala. Kayla hatte sich hinter uns gesetzt, ich glaub sie geht gerne an Orte an denen sie unerwünscht ist, ansonsten würde sie nicht mit uns kommen, nicht? Sie schaute mich die Komplette Fahrt über wütend an. Wir hielten vor einem Großen Sahl an. Lorenzo öffnete mir die Autotür. Ich stieg aus und hielt seine Hand fest, ich merkte wie sehr es Kayla nervte, was mich umso Motivierte seine Hand zu halten.

„Ich komme nach." sagte Kayla.

Wir liefen vor. Ich nahm mir etwas zu Trinken und schaute mich um. Lorenzo sprach mit seinen Arbeitskollegen. Gerade als ich mich umdrehen wollte, knallte ich gegen einen Mann und verschüttete mein Getränk.

„Es tut mir leid." sagte ich und legte mein Glas zur Seite.

Der Mann schaute mich an und lächelte.

„Wollen sie es mit einem Tanz wieder gut machen?" fragte er.

Flirtet er gerade wirklich mit mir? Lorenzo schaute zu mir. Ich nickte und lief mit ihm auf die Tanzfläche. Lorenzo beobachtete uns, ich grinste.

"Wie ist ihr Name" fragte der Mann.

„Ich heiße..." doch bevor ich meinen Satz beenden konnte unterbrach Lorenzo uns.

„Scheinbar hast du meine Verlobte schon kennengelernt.“ Sagte Lorenzo.

Der Mann entfernte sich von mir.

„Ich wusste es nicht.“ sagte der Mann und ging.

Ich verschränkte meine arme und schaute Lorenzo an.

„Du hast ihn verscheucht.“ sagte ich.

Lorenzo nahm meine Hand und forderte mich zum Tanzen auf.

„Wieso hast du uns beim Tanzen unterbrochen?“ fragte ich.

Lorenzo zog eine Augenbraue hoch.

Ich löste mich aus seinem Griff. Lorenzo hielt meine Hand fest. Ich schaute ihn an, meine Augen wanderten auf seine Lippen. Lorenzo kam mir mit seinem Gesicht näher und Küsste mich. Ich schaute Lorenzo verwundert an. Um nicht auffällig zu sein blieb ich ruhig. Meine Wangen wurden leicht rot.

„Scheiß Gangster.“ murmelte ich.

Kayla kam zu uns. Sie fing an mit Lorenzo zu Flirten. Ich lief zur Toilette und machte mein Lippenstift frisch. Kayla regt mich auf. Sie klebt gefühlt an Lorenzo. Ich verließ die Toilette und lief gerade wieder zurück. Gerade als ich am

Feuermelder vorbei ging, drehte ich mich um und schaute es an.

Ich schaute mich um, um sicher zu gehen, dass ich alleine bin.

Ich Zog mein Schuh aus und knallte mit dem Absatz gegen den Feuermelder. Zum Glück hatte ich hohe Absätze an, da es mir dadurch leichter fiel den Feueralarm auszulösen. Ich hörte den Alarm. Ich zog schnell wieder mein Schuh an und lief zurück.

„Es brennt!“ schrie ich.

Alle liefen raus, auch Kayla.

Lorenzo kam auf mich zu, er lachte.

„Wieso lachst du.“ fragte ich.

„Wo brennt es?“ fragte er.

Ich wusste, dass die Frage nicht ernst gemeint war. Er weiß, dass ich es war.

„Lauf zu Kayla nicht, dass ihr etwas passiert.“ sagte ich genervt.

Lorenzo lacht.

„Du bist eifersüchtig.“ sagte er.

Ich konnte nicht nein sagen. Er hatte recht auch wenn ich es ungerne zugebe. Ich lief raus ohne etwas zu sagen. Was sollte ich denn auch sagen. Ich sollte nachdenken bevor ich Handel. Kayla war nicht zu sehen. Bestimmt ist sie mit dem Taxi weggefahren. Ich stieg ins Auto, er kam nach und fuhr los. Er schaute vom Rückspiegel zu mir. Ich versuchte den Blickkontakt zu ihm zu vermeiden. Es war mir unangenehm. Ich dachte darüber nach was ich vorhin gemacht habe. In Deutschland hätte ich mich nicht getraut sowas zu machen aber hier kennt mich sowieso niemand. Also würden sie es sich nicht merken. Bis morgen ist es vergessen. Das Auto kam zum Stehen. Ich stieg aus und lief schnell rein.

Lorenzo bekam einen Anruf von Kayla. Ich setzte mich aufs Sofa und schaute zu Lorenzo.

Er legte sein Handy auf den Tisch und setzte sich vor mich.

„Sollen wir ein Spiel spielen?" fragte ich.

Lorenzo zog eine Augenbraue hoch.

„Ich frage dich etwas und du musst ehrlich antworten und dann fragst du mich." erklärte ich ihm.

Er nickte.

„Wieso hast du denn Feuermelder angemacht?" fragte er.

„Weil Kayla neben dir war." sagte ich.

Lorenzo grinste.

„Ich bin dran.“ sagte ich.

„Antworte...“ sagte er.

„Du kennst die Antwort.“ murmelte ich.

Er legte seine Hand unter mein Kinn und schaute mir in die Augen.

„Du bist mein Boss.“ sagte ich.

Er lachte.

Sein Gesicht kam mir näher, ich wusste nicht was ich machen soll, also drückte ich meine Stirn auf seine Lippen.

„Ich bin dran.“ sagte ich.

„Hast du Gefühle für Kayla?“ fragte ich.

„Nicht für sie.“ sagte er.

„Für wem dann?“ fragte ich.

„Eine frage, schon vergessen.“ erinnerte er mich. Ich nickte.

Er war wieder dran und fragte mich wieso ich immer meine Fäuste ballte. Wir unterhielten uns lange.

Ich erzählte ihm von meinen Depressionen aber nicht woher sie kamen. Ich hätte so gerne mit ihm über meine Schwester geredet aber ich konnte nicht.

Wir schliefen gemeinsam auf dem Sofa ein. Lorenzo bekam ein Anruf. Er stand auf und lief zum Garten. Ich stand auf und lief ins Badezimmer um zu duschen. Meine Haare ließ ich offen, damit sie Luft trocknen. Ich zog mir bequeme Kleidung an und lief ins Schlafzimmer.

Unsere Unterhaltung von gestern fiel mir ein. Ich bin glücklich neben ihm und fühle mich sicher.

„Woran denkst du?“ riss mich Lorenzo aus den Gedanken. Aber bald gehe ich. Wenn die Schulden bezahlt sind.

„Nichts.“ sagte ich.

Ich setzte mich auf Bett. Lorenzo kam mir näher.

„Ich glaube ich habe Gefühle für dich.“ flüsterte ich.

Ich realisierte das ich es laut ausgesprochen habe. Lorenzo näherte sich mir. Ich schaute ihn auf die Lippen und Küsste ihn.

Die Türklingel weckte mich. Ich öffnete meine Augen und schaute neben mich. Lorenzo lag nicht neben mir, er war nicht im Zimmer. Ich zog schnell eine Jogginghose und ein T-Shirt an.

„Wollen wir zusammen etwas unternehmen.“ ertönte Kaylas Stimme.

Es kam aus dem Wohnzimmer. Ich lief nach unten. Kayla war neben Lorenzo. Ich lief in die Küche und bereitete mir ein Kaffee vor. Kayla fragte Lorenzo ob er Arbeiten müsse. Man hörte ihre Stimme bis zur Küche. Ich setzte mich vor sie und Trank mein Kaffee.

„Ich hätte auch gerne ein Kaffee." sagte sie.

„Dann mach dir einen." sagte ich und nahm ein schluck.

Sie stand auf und lief zur Küche. Lorenzo schaute mich an. Er stand auf und gab mir ein Kuss auf die Stirn.

„Eliza!" rief Kayla.

Ich reagierte langsam, da ich nicht Eliza bin und mich noch immer daran gewöhnen muss so genannt zu werden, dauerte es bis ich reagierte. Ich musste es ändern ansonsten würde es auffallen. Ich stand auf und lief zur Küche.

„Du wirst Lorenzo nicht Heiraten!" sagte sie.

Ich zog eine Augenbraue hoch.

„Ich werde ihn Heiraten!" erwiderte ich. Sie fing an zu lachen. Sie fragte wen er wohl eher Heiraten würde. Ich verstand zuerst nicht was sie meinte.

„Eliza oder Ella." flüsterte sie.

Ich ließ meine Tasse fallen.

„Entweder du Heiratest ihn nicht oder ich sage ihm, dass du ihn angelogen hast, schließlich hat der arme

„Lorenzo verdient die Wahrheit zu erfahren“ sagte sie.

Ich spürte eine Warme Hand an meinem Rücken. Es war Lorenzo. Er sah das kaputte Glas auf dem Boden.

„Ich muss jetzt gehen.“ sagte Kayla und verließ das Haus.

Ich bückte mich und die Scherben aufzuheben.

„Ich räume das auf, setzt du dich.“ sagte er.

Ich nickte und lief aus der Küche.

SECHS

Drei Monate später.

Jeder Tag verging wie zuvor auch, doch die drei Monate vergingen so schnell, dass ich es nicht einmal merkte.

Lorenzo und ich waren glücklich, er sorgte sich um mich. Wir vertrauten uns, zumindest vertraue er mir, ich hingegen hatte zwar das Gefühl ihm Vertrauen zu können, doch ich konnte ihm noch immer nicht sagen wer ich wirklich war. Wir hatten gutes Wetter, weshalb ich im Garten saß. Mir ging es seit ein paar Tagen nicht so gut, zumindest Gesundheitlich. Das Haustelefon Klingelte. Ich lief rein und nahm den Anruf entgegen.

„Ella?“ ertönte Nalas Stimme.

„Nala!“ schrie ich vor Freude.

„Wieso bist du ohne etwas zu sagen untergetaucht?“ fragte ich sie. „Nach dem Unfall habe ich Zeit für mich gebraucht.“ sagte sie. „Verstehe.“ murmelte ich.

„Ich komme die Tage zu dir.“ sagte sie und legte auf. Ich konnte nichts sagen, da sie bereits aufgelegt hatte. Außerdem war ich froh, dass nicht Lorenzo dran gegangen ist, ansonsten hätte es Probleme gegeben, da sie meinen richtigen Namen erwähnte.

Lorenzo kam zu mir. Mir wurde übel, aber es ist normal bei so viel Stress.

„Kayla kommt heute Abend." sagte er.

Sie wird es ihm bestimmt sagen. Was soll ich tun?

„Eliza geht's dir nicht gut?" fragte Lorenzo.

„Ich habe dich angelogen." sagte ich ohne nachzudenken.

Lorenzo schaute mich verwirrt an.

„Ich... ich... bin nicht Eliza - a." stotterte ich. Lorenzo machte ein schritt nach hinten.

„Du hast die Falsche Schwester." flüsterte ich.

„Wieso hast du gelogen?" fragte er wütend.

„Ich hatte Angst, dass du meiner Schwester etwas antust." antwortete ich.

Lorenzo lief aus dem Haus. Ich lief ihm hinterher. Er stieg ins Auto und startete den Motor. Ich versuchte die Tür zu öffnen, doch sie war abgesperrt.

„Öffne die Tür!" schrie ich.

Lorenzo ignorierte mich. Ich stellte mich vor das Auto. Mir wurde schwindelig, ich schaute Lorenzo an. hatte und verlor das Bewusstsein. Lorenzo sprach mit der Ärztin. Ich öffnete langsam meine Augen. Mein Kopf tat weh und mir war übel.

„Wie fühlen sie sich?“ fragte mich die Ärztin.

Ich schaute Lorenzo an der scheinbar sehnsüchtig darauf gewartet hatte, dass ich wach werde.

„Mir ist etwas übel.“ sagte ich.

Die Ärztin nickte.

„Die Test Ergebnisse sind da.“ Sagte die Ärztin.

Ich setzte mich auf.

„Es tut mir leid.“ flüsterte ich Lorenzo zu.

Die Ärztin Legte die Papiere bei Seite. Ich schaute Lorenzo an. „Glückwunsch, sie sind Schwanger.“ sagte die Ärztin.

Ich war sprachlos.

„Ella!“ stürmte Nala ins Zimmer rein.

„Ist alles in Ordnung?“ fragte sie.

Ich nickte.

Lorenzo ging vor die Tür, ohne etwas zu sagen. Nala umarmte mich. „Woher wusstes du das ich hier bin?“ fragte ich.

„Das ist nicht wichtig.“ sagte sie und wechselte das Thema.

Ich stand auf und band mir die Haare zu.

„Gehst du nachhause?“ fragte sie.

Ich dachte an meine Mutter und an Eliza. Sie suchten nicht mal nach mir. Es machte mich traurig.

„Wir sehen uns später.“ sagte ich und lief aus dem Zimmer.

Lorenzo saß im Auto. Ich stieg ein und schaute ihn an.

„Bist du noch wütend auf mich?“ fragte ich ihn.

„Deine Schwester war in einer Entzugsklinik.“ sagte er.

„Du weißt es?“ fragte ich.

Er nickte.

„Glaubst du mir, wenn ich dir die Wahrheit sage?“ fragte ich.

„Das würde ich gerne.“ sagte er und startete denn Motor.

Er sprach die ganze Autofahrt über nicht mit mir. Lorenzo stieg aus und öffnete mir die Autotür.

„Lorenzo!“ rief Kayla.

Oh man, voll vergessen, dass sie heute kommen wollte. Sie umarmte Lorenzo. Ich bin so kurz davor ihr eine zu verpassen. Lorenzo löste sich aus ihrem

Griff und nahm meine Hand. Ich schaute ihn verwundert an. „Ella ist Schwanger." sagte er.

Kayla schaute uns an und lief weg. Er hat mich das ersten mal Ella genannt.

„Du weißt also alles, auch das mit Kayla?" fragte ich.

Er nickte.

Seine Mitarbeiter haben mich aus Spioniert. Ich kann es ihm nicht einmal Übel nehmen. Wir liefen ins Haus. Ich lief zum Garten und setzte mich. Lorenzo setzte sich neben mich.

„Wir müssen reden." sagte er.

Ich schaute ihn an.

„Ella seitdem du bei mir bist, ist Eliza nicht mehr in einer Entzugsklinik." Sagte er mir.

Ich war sehr überrascht und stand auf.

W...was stotterte ich.

„Deine Mutter denkt, dass du im Ausland arbeitest, seitdem ihr euch gestritten habt." sagte er.

Ich schaute Lorenzo erschrocken an. Nicht weil er von dem Streit wusste, sondern weil Eliza nicht in der Klinik war.

„Bring mich bitte nach Hause." sagte ich.

Lorenzo nickte. Wir liefen zum Auto.

„Warte!“ schrie Nala.

Sie lief auf mich zu.

„Es war alles geplant.“ sagte sie.

„Eliza würde mir sowas nicht antun. Sie ist meine Schwester.“ sagte ich.

„Erinnere dich mal, die Sache am Flughafen mit Francesco oder als du zufällig den Anruf bekommen hast, statt Eliza damit du zu dem Treffen gehst, denkst du das war alles Zufall?“ fragte mich Nala.

Meine Tränen flossen über meine Wange.

„Öffne deine Augen Ella.“ sagte sie.

Ich schaute sie an und stieg ins Auto. Sie kam auch mit, eigentlich wäre es der perfekte Zeitpunkt sie zu fragen woher sie das alles weiß und was sie damit zutuen hatte, doch ich hatte nicht die Kraft dazu. Lorenzo holte sein Handy raus. Er rief seinen Mitarbeiter an.

„Bereitet alles vor wir fliegen.“ sagte er und legte auf.

Wir fuhren los. Ich hatte Angst die Wahrheit zu erfahren. Wir stiegen vor einem großen Apartment aus.

„Was machen wir hier?“ fragte ich.

„Oben ist ein Helikopter.“ sagte Nala.

Ich blieb für einen Augenblick stehen. Noch nie war ich in einem Helikopter.

„Ich dachte wir fliegen mit einem Flugzeug." stotterte ich.

Mein Schlucken wurde schwer.

„Ist doch fast dasselbe." sagte Nala.

Wir gingen zum Aufzug und fuhren damit hoch.

Ich war aufgeregt.

Nala setzte sich. Sie zog sich ein Ohrenschutz an. Ich setzte mich nach hinten zu Lorenzo. Eine andere Wahl hatte ich auch nicht. Ich lehnte meinen Kopf an Lorenzo´s Schulter und schlief ein.

„Steh auf." ertönte Nalas Stimme.

Ich öffnete meine Augen und schaute sie an. Wir sind wieder in Deutschland. Es fühlte sich komisch an, wieder hier zu sein. Wir liefen nach unten und stiegen in ein Taxi. Lorenzo hielt meine Hand, als wir dann vor meiner Haustür waren, wurde mir vor Aufregung übel. Mein Herz fing an zu rasen. Lorenzo und Nala blieben vor der Tür stehen. Ich wollte zuerst alleine mit meiner Mutter und meiner Schwester reden. Ich Klingelte an der Haustür. Meine Mutter öffnete die Haustür.

„Ella" sagte sie und fing an zu weinen.

Ihre Gefühle änderten sich jedoch schnell und sie schaute mich wütend an.

„Wieso bist du gegangen ohne mir was zu sagen und wieso hast du mich nicht einmal angerufen? Weißt du wie sehr ich mir sorgen gemacht habe?“ sagte sie.

Ihre Wut verschwand wieder schnell und sie umarmte mich.

„Ich habe dich so vermisst.“ sagte sie.

Ich fing an zu weinen.

„Mama es tut mir leid.“ sagte ich.

„Erwarten wir besuch?“ ertönte eine Stimme. Es war Eliza. Sie lief zur Tür und sah mich. Gerade als ich etwas sagen wollte, umarmte sie mich.

„Wir reden oben.“ flüsterte sie.

Sie nahm meine Hand und zog mich ins Zimmer.

„Wieso machst du das?“ fragte ich. Sie schloss die Tür.

„Ich hatte Angst.“ sagte sie.

Meine Mutter öffnete die Zimmertür. Sie setzte sich aufs Bett und schaute uns an.

„Wie schön, dass wir drei wieder zusammen sind.“ Sagte sie.

Ich schaute Eliza an. Sie versuchte Blickkontakt mit mir zu vermeiden.

„Ist alles in Ordnung?“ fragte meine Mutter.

„Ella hat sich Verlobt.“ sagte Eliza um das Thema zu wechseln.

Sie hat mich die ganze Zeit über verfolgt.

„Er ist vor der Tür.“ sagte sie.

Meine Mutter sprang auf und öffnete die Haustür.

Diesmal werde ich nicht schweigen, das wusste sie. Lorenzo sprach mit meiner Mutter. Nala kam zu mir und Eliza. Ich verließ das Zimmer und lief ins Wohnzimmer, zu meiner Mutter. Nala kam zu mir.

„Hast du es deiner Mutter Erzählt, dass mit Eliza?“ fragte sie.

„Noch nicht.“ Flüsterte ich.

„Entweder erzählst du es ihr jetzt oder ich!“ forderte sie mich auf. Sie nickte und lief ins Wohnzimmer.

„Ella war nicht auf Geschäftsreise!“ schrie Nala.

Sie erzählte alles meiner Mutter. Die Haustür knallte zu. Eliza lief weg, ich stand auf und lief ihr hinterher. Sie fuhr mit ihrem Auto los. Lorenzo, Nala und ich stiegen in ein Taxi. Wir verfolgten Eliza. Sie hielt vor einer

Lagerhalle an. Ich stieg aus und hielt sie an ihrem Arm fest.

„Du hattest Angst?“ fragte ich sie.

„Du verstehst es nicht.“ sagte sie.

„Dann erklär es mir!“ schrie ich.

Eliza schwieg. Ich drehte mich um und lief zum Taxi.

„Warte.“ sagte sie.

Ich drehte mich zu ihr. Sie nahm meine Hand.

„Lass von hier verschwinden, ein neues Leben anfangen, nur du und ich, wir könnten Reisen.“ sagte sie.

Ich ließ ihre Hand los.

„Ich kann nicht.“ sagte ich.

„Bitte, ich mach es auch wieder gut versprochen.“ sagte sie.

„Versprochen?“ fragte ich sie.

„Versprich mir nichts, wenn du es nicht hinkriegst dich dran zu halten.“ sagte ich.

Ich öffnete die Autotür.

Eliza drückte die Tür zu.

„Nein, ich lass dich nicht gehen!“ schrie sie.

„Wenn du mich Liebst lässt du mich gehen, Schwester." sagte ich.

Eliza ging auf Seite.

Ich stieg ein.

Gerade als wir los fahren wollten hörte ich ein Schuss Geräusch.

Ich stieg schnell aus dem Auto. Eliza lag auf dem Boden.

„Eliza" schrie ich.

Niemand außer Eliza war zu sehen. Ich lief zu ihr und kniete mich zu ihr.

„Bitte steh auf Schwester, lass mich nicht alleine, bitte steh auf, wir schaffen das." Schrie ich weinend.

Sie hatte eine Schusswunde an ihrer Brust. Ich hielt meine Hand drauf, damit sie nicht mehr Blut verliert.

Ich hatte das Gefühl, nicht mehr logisch denken zu können, die Zeit verging nicht mehr. Ich wusste nicht was ich machen soll.

Nala schaute nach ihrem Puls.

„Es tut mir leid." sagte sie.

Ich verlor das Bewusstsein.

Sieben

Nala blieb scheinbar mit Eliza.

Als ich wach wurde wusste ich nicht wie ich in mein Zimmer gekommen bin, ich habe Lorenzo nur neben mir sitzen sehen.

„wo ist meine Schwester? Ich will zu meiner Schwester, sie... sie braucht mich, ich kann sie nicht alleine lassen, bitte Lorenzo bring mich zu ihr:“ flehte ich ihn an.

„Nala hat angerufen, Eliza konnte nicht mehr geholfen werden. Es tut mir leid Ella aber wir haben sie leider verloren.“ sagte er.

Ich ging sofort an zu weinen, ich konnte es nicht glauben.

„Nein, bitte sag mir das ist nicht echt, ich bin doch gekommen um meiner Schwester zu helfen, wie sage ich das meiner Mutter, sie wird am Boden zerstört sein.“ Schrie ich weinend.

Mein Schlucken wurde schwerer. Ich wollte schreien doch ich hatte keine Kraft mehr. Ich dachte nur noch daran wie ich ein Leben lang mit diesen schmerzen und Schuldgefühlen leben solle.“

„Ich werde es mir niemals verzeihen.“ Sagte ich.

Lorenzo versuchte mich zu beruhigen und irgendwann bin ich dann einfach eingeschlafen, da ich keine Energie mehr hatte.

Nach einer Weile spürte ich eine Hand auf mir.

Sie strich mir über meine Haare. Ich öffnete meine Augen. Ich sah meine Mutter.

Sie weinte.

„Mama bitte weine nicht, es tut mir leid.“ sagte ich.

Sie wischte sich die Tränen weg.

„Es ist nicht deine Schuld.“ sagte sie. Ich fing an zu weinen.

„Sie hat damit nicht nur anderen, sondern auch sich selbst geschadet.“ sagte sie.

Sie stand auf und verließ das Zimmer. Ich zog mich um und lief zum Wohnzimmer. Lorenzo war nicht zu sehen.

„Ich gehe etwas Raus.“ sagte ich meiner Mutter.

Ich gab ihr einen Kuss auf die Wange und ging.

Gerade als ich die Haustür schließen wollte stand Nala hinter mir.

„Ich wollte gerade zu dir.“ sagte sie.

„Wir können rein." sagte ich.

„Wir können draußen Zeit verbringen." sagte sie. Ich nickte.

Wir liefen in einen restraunt und bestellten uns essen.

Sie ging kurz auf die Toilette, bis unsere Bestellung kam. Ich schaute aus dem Fenster. Jemand setzte sich vor mich, es war nicht Nala. Ich widmete meinen Blick vom Fenster nach vorne. Es war ein Fremder Mann.

„Kennen wir uns?" fragte ich.

„Noch nicht." sagte er.

Flirtet er gerade wirklich mit mir? Ich schaute nach Nala.

„Ich heiße Alessandro und du?" fragte er.

„Ella." sagte ich.

Wir unterhielten uns, da ich nicht unhöflich sein wollte.

„Was macht ihr?" fragte Nala. Ich schaute sie genervt an.

„Das fragst du mich noch?" fragte ich sie.

Nala schaute Hinter mich.

„Oh, oh" sagte sie.

Ich schaute Hinter mich. Ein wütender Lorenzo kam auf uns zu. Ich stand auf.

„Wir gehen." sagte er.

Ich stand auf ohne etwas zu sagen. Nala blieb mit Alessandro. Ich stieg in Lorenzos Auto.

„Du hast es falsch verstanden." sagte ich.

„Ich höre." sagte Lorenzo.

Ich bin froh, dass er mir zuhört und nicht wie die anderen Männer einfach geht ohne zuzuhören. Ich erklärte ihm die ganze Situation. Wir hielten vor einem Haus an.

„Wieso sind wir hier?" fragte ich.

Er gab mir ein Schlüssel in die Hand.

„Unser Haus." sagte er.

Ich schaute ihn schockiert an. Schnell stieg ich aus dem Auto und lief ins Haus. Es war Groß und schön dekoriert. Ich umarmte Lorenzo.

„Woher wusstes du wo ich vorhin war?" fragte ich.

„Nala sagte ich soll dich abholen kommen." sagte Lorenzo.

Ich löste mich aus seinem Arm.

„Ich wusste nichts davon." sagte ich.

Lorenzo zog eine Augenbraue hoch. Ich und Lorenzo zogen in das Haus. Meine Mutter kam uns oft mit ihrem Freund besuchen.

Sie freute sich darauf bald Oma zu werden.

Ich hörte ein Klingeln, lief nach unten und öffnete die Haustür.

ACHT

„Kayla“ sagte ich entsetzt.

Sie kam rein und schloss die Tür.

„Was machst du hier?“ fragte ich.

„Ella wir müssen reden.“ sagte sie.

„Raus.“ sagte ich.

„Es geht um Eliza.“ sagte sie.

Wir setzten uns aufs Sofa.

„Es tut mir leid, dass ich dich schlecht behandelt habe Ella.“ sagte sie.

„Lorenzo und ich sind schon seitdem wir kleine Kinder sind Freunde, ich bin seitdem wir klein sind in ihn verliebt gewesen.

Zuerst war ich neidisch, dass er dich wollte und nicht mich.

„Aber als ich erfahren habe, dass du ein Kind erwartest habe ich losgelassen.“ sagte sie.

Ich umarmte sie.

„Ich wusste es nicht.“ sagte ich.

Sie wechselte das Thema.

„Eliza ist mit Adrian, ich weiß nicht wo aber sie sind zusammen." Sagte sie noch.

„Eliza ist vor meinen Augen gestorben, sie wurde erschossen." sagte ich.

Ich konnte meine Tränen nicht weiter zurückhalten.

„Von wem wurde sie erschossen?" fragte sie.

„Ella, wer hat dir gesagt, dass sie nicht mehr lebt?" fragte sie.

Mir fiel Nala ein, sie war in meinem Haus ohne das einer ihr die Tür aufgemacht hatte.

Sie war in Italien und hatte für Adrian gearbeitet aber ich wusste nie wieso. Nala war an dem Tag da, als ich von Adrian entführt wurde.

Sie sprach mit Eliza im Zimmer alleine. Das alles führte zu Eliza. Ich realisierte das Nala nicht für mich da war, sie war von Anfang an für Eliza da. Ich stand auf.

„Wie konnte ich so dumm sein?" flüsterte ich.

Kayla versuchte mich zu beruhigen.

„Wieso hilfst du mir?" fragte ich.

„Ich will es wieder gut machen." sagte sie.

Ich traute ihr nicht, höchst wahrscheinlich, da sie keinen guten Eindruck hinterließ als wir uns kennen lernten.

„Wir sehen uns morgen.“ sagte sie und lief aus der Wohnung.

Ich nahm meine Tasche und Fuhr ihr hinterher. Sie blieb in einer ruhigen Ecke stehen und natürlich war sie am Telefonieren. Ich wusste das ich ihr nicht trauen kann. Nala und sie trafen sich, sie sprachen dann miteinander. Es sah so aus als würden sie streiten. Nala schlug Kayla bewusstlos. Ich stieg aus dem Auto und lief auf sie zu. Ich gab Nala eine Ohrfeige.

„Was hast du getan?“ schrie ich.

Kayla lag bewusstlos auf dem Boden. Ich holte mein Handy raus und rief Lorenzo an. Seine Mailbox ertönte.

„Lorenzo Nala Arbeitet für...“ doch bevor ich meinen Satz beenden konnte riss Nala mein Handy aus meiner Hand und warf es auf dem Boden.

„Und dir habe ich vertraut.“ sagte ich enttäuscht.

Nala kam auf mich zu, ich schubste sie. Mir war nicht bewusst, dass ich sie so fest geschubst hatte. Sie fiel auf den Boden und knallte mit ihrem Kopf gegen den Boden. Ich hörte ein Handy klingeln.

Es kam aus Nalas Jacken Tasche. Ich nahm den Anruf entgegen.

„Hast du sie?“ fragte Eliza. Ich muss sie dazu bringen hierher zu kommen.

„Ich habe Nala umgebracht.“ sagte ich.

Es war eine lüge aber etwas anderes ist mir nicht eingefallen. Ich spürte eine Kalte Hand auf meiner Schulter. Erschrocken drehte ich mich um. Es war Kayla, sie zog mir mein Handy aus der Hand und legte auf. Sie rief die Polizei an. Ein Auto näherte sich.

„Versteck dich.“ sagte ich Kayla. Eliza stieg aus dem Auto.

„Wie ist das passiert?“ fragte sie.

„Wieso machst du das?“ fragte ich.

„Gerade ist nicht der passende Zeit punkt.“ sagte sie.

Eliza trug Nala ins Auto.

„Ich bin Schwanger!“ schrie ich.

Eliza drehte sich zu mir.

„Du schadest nicht nur mir, sondern auch mein Kind.“ sagte ich.

Die Sirenen der Polizei ertönten. Ich hielt Eliza fest. Sie löste sich aus meinem Griff und lief zum Auto.

Wie aus dem nichts bekam ich Bauch Krämpfe. Ich fing vor Angst an zu schreien. Eliza kam zurück.

„Es tut mir leid." sagte sie.

Sie fing an zu weinen und versuchte mir zu helfen. Ein Motorradfahrer fuhr an uns vorbei. Der Fahrer sah uns und fuhr zurück. Als er den Motorrad Helm abnahm erkannte ich ihn. Es war Adrian.

„Steig ein, die Polizei kommt." sagte Adrian.

Eliza wollte mich nicht alleine lassen.

„Lauf." sagte ich.

„Aber dein Baby..." flüsterte sie.

Der Polizist kam auf uns zu.

Eliza schaute mich an, ich nickte.

Sie lief zu Adrian. Adrian fuhr sie weg, doch sie ließen Nala zurück.

Der Polizist fuhr mich ins Krankenhaus.

Bevor ich im Krankenhaus ankam verlor ich das Bewusstsein.

Als ich wieder bei bewusst sein war.

Stand eine Ärztin vor mir. Neben mir saß Lorenzo, er hielt meine Hand.

„Mein Baby." Sagte ich und setzte mich aufrecht hin.

“Deinem Kind geht es gut.“ sagte der Arzt. Ich lehnte mich an.

„Du musst dich von stress fernhalten.“ sagte er.

Ich nickte.

Wir schauten uns gemeinsam das Kind an.

„Kann man erkennen welches Geschlecht es hat?“ fragte Lorenzo.

Der Arzt nickte.

Lorenzo stand vor Neugier auf.

„Es wird ein Junge.“ sagte er.

Lorenzo Freute sich. Hauptsache es ist gesund. Mehr will ich nicht. Der Arzt verließ das Zimmer. Ich stand auf und zog meine Jacke an. Wir liefen zurück und Fuhren nachhause. Ich legte mich aufs Sofa. Endlich habe ich meine Ruhe. Obwohl? Ich setzte mich aufrecht hin. Was wird aus Nala, Kayla und Eliza. Lorenzo war duschen. Ich lief vor die Tür und schaute in den Briefkasten. Ich hoffte auf eine Nachricht von Eliza. Ich Schloss wieder denn Briefkasten.

„Ella.“ hörte ich eine Stimme. Ich drehte mich um.

„Eliza?“ flüsterte ich.

Sie umarmte mich. Eliza gab mir einen Brief.

„Ich gehe weg von hier.“ sagte sie.

Ich will nicht, dass sie geht aber es ist das Beste für uns beide.

„Wie geht es deinem Baby?“ fragte sie.

Ich nahm ihre Hand und legte sie auf meinen Bauch.

„Ihn geht es gut.“ sagte ich.

„Ella!“ hörte ich Lorenzo rufen.

Eliza umarmte mich.

„Es tut mir leid Schwester.“ sagte sie.

Eliza löste sich aus meinem Arm und ging. Ich wischte meine Tränen weg. Lorenzo kam zu mir.

„Was machst du hier?“ fragte er.

Ich lief rein ohne ihm zu Antworten. Ich öffnete Elizas Brief und fing an es zu lesen. Ich werde von hier weit weg gehen. Du weißt, dass es mein größter Wunsch war zu reisen. Adrian und ich sind für eine lange Zeit weg. Ich werde wieder kommen Schwester. Ich legte den Brief bei Seite und legte mich ins Bett schlafen. Am Morgen klopfte einer an der Tür. Ich lief nach unten und öffnete die Haustür. Es war Kayla.

„Wir müssen reden.“ sagte sie.

„Gibt’s eine gute Nachricht?“ fragte ich.

„Nur eine schlechte." sagte sie.

Ich lief ins Wohnzimmer.

„Ich habe Sachen rausgefunden, die auch dich betreffen, als du mit Nala im Restraunt warst und ein Mann zu dir kam war es kein Zufall, er hat für Nala gearbeitet." sagte Kayla.

„Wieso macht sie das?" fragte ich.

„Sie wollte sich reschen." sagte Kayla.

„Es ist Jahre her und sie weiß wieso ich so war." sagte ich.

„Sie flüchtet heute mit einem Schiff." sagte Kayla. Lorenzo kam in Zimmer.

„Um wie viel Uhr Fährt sie?" fragte ich.

Kayla holte ihr Handy raus und schaute nach.

„In Siebzehn Minuten." sagte sie.

„Ich fahre euch." sagte Lorenzo.

Wir liefen zum Auto und fuhren los. Die Polizei hielt uns an, weil wir zu schnell gefahren sind.

„Es sind fünf Minuten zu Fuß von hier." sagte Kayla.

„Lauft!" sagte Lorenzo.

Wir stiegen aus. Kayla hielt meine Hand und lief los.

„Wir haben nur noch zwei Minuten“ sagte sie.

Das Schiff war zu sehen. Nala war auf dem Schiff. Als sie uns sah startete sie los. Kayla ließ meine Hand los, sie sprintete und sprang noch rechtzeitig drauf. Ich blieb erleichtert stehen.

„Ella!“ schrie Lorenzo.

Ich drehte mich nach hinten um zu ihn. Als ich wieder zum Schiff schaute sah ich Kayla.

„Es ist eine falle!“ schrie Kayla.

Nala hielt einen Timer in der Hand. Ich realisierte, dass dieses Schiff in wenigen Sekunden explodieren wird.

„Spring raus!“ schrie ich.

Das Schiff entfernte sich immer weiter vom Ufer.

„Es ist okay.“ sagte Kayla.

„Kayla...“ schrie ich. Sie wischte sich die Tränen weg. Das Schiff explodierte. Ich brach auf dem Boden zusammen und fing an zu weinen. Lorenzo umarmte mich.

„Ich hatte Nala so vertraut, ich dachte wirklich es sei wieder alles gut zwischen uns, wie konnte sie so rachsüchtig sein und wieso war ich nur so dumm und habe ihr geglaubt?“ sagte ich weinend.

Ich zitterte und mir wurde schwindelig.

Die nächsten Tage vergingen langsam, ich konnte noch immer nicht realisieren was passierte.

„Ich bin zuhause!“ rief Lorenzo. Ich lief zu ihm und sah ihn mit einem Welpen.

„Wie süß.“ sagte ich.

„Wie sollen wir ihn nennen.“ Ich nahm den Welpen hoch und gab Lorenzo einen Kuss auf die Wange. Er hatte himmelblaue Augen.

„Blue, er soll Blue heißen.“ Sagte ich.

Ich zog mich an und fuhr mit Blue los.

Lorenzo hat ihn mir geholt. Bald ist es so weit, ich heirate mit Lorenzo. Du warst die Einzige die mich nie angelogen hatte. Ich legte die Blumen auf den Grabstein von Kayla und ging. Blue´s leine rutschte aus meiner Hand. Er lief los.

„Bleib stehen!“ rief ich ihm hinterher. Blue sprang auf Lorenzo.

„Was machst du hier?“ fragte ich.

„Ich wollte dich überraschen.“ sagte Lorenzo.

Ich Umarmte ihn.

„Steig ein.“ sagte Lorenzo.

Ich stieg in sein Auto. Blue schaute aus dem Fenster.

Lorenzo Hielt meine Hand und fuhr los.

Ich hoffe das meine Schwester irgendwann wirklich gesund ist. Ich weiß das wir irgendwann wieder zu einander finden werden und dass wir alles nachholen werden was wir nicht machen konnten. Ich hoffe die Zeit im Ausland wird zu ihrer schönsten.

„Ich werde auf dich warten Eliza, egal wie lange es dauert." Flüsterte ich vor mich hin.

Diese Geschichte endet wie sie anfing... mit einem Gedicht.

Ein Sonntagmittag (11:59 Uhr)

Das Wetter war weder zu kalt Noch zu warm,

doch die Sonne Schien. Es war der siebte, sieben deine Lieblingszahl, alles war sowie du es mochtest, du hättest diesen Tag gelieb, nur leider wurde dieser

Tag zu deinem letzten... Papa

-Filiz Gündüz

Printed in Poland
by Amazon Fulfillment
Poland Sp. z o.o., Wrocław

15184536R00050